GUÍA DE LECTURA

Escrita por Emmanuelle Laurent
Traducida por Laura Soler Pinson

Eugenia Grandet

de Honoré de Balzac

HONORÉ DE BALZAC

ESCRITOR FRANCÉS

- **Nacido en 1799 en Tours (Francia)**
- **Fallecido en 1850 en París (Francia)**
- **Algunas de sus obras:**
  - *Los chuanes* (1829), novela
  - *Eugenia Grandet* (1833), novela
  - *Papá Goriot* (1835), novela

Honoré de Balzac (1799-1850) es uno de los escritores franceses más importantes del siglo XIX. Siendo joven, se abre las puertas de los círculos aristocráticos parisinos que no dejará de frecuentar. Pero unas iniciativas desastrosas y un tren de vida excesivo lo llevarán rápidamente a la ruina: la escritura literaria, practicada con pasión y asiduidad, se convertirá para él en el único medio para pagar sus deudas.

Se entrega, ambicioso, a una obra monumental, *La comedia humana*, compuesta por más de noventa novelas, y cuyo objetivo es describir exhaustivamente la sociedad de su época (para «hacerle la competencia al Registro Civil», Ortega 1997, 220). Entre sus novelas más célebres, encontramos *Eugenia Grandet* (1833) y *Papá Goriot* (1835).

Balzac está considerado uno de los padres de la novela realista moderna.

EUGENIA GRANDET

UNA ESCENA DE LA VIDA DE PROVINCIAS

- **Género:** novela
- **Edición de referencia:** de Balzac, Honoré. 2010. *Eugenia Grandet*. Traducido por Mauro Armiño. Madrid: Siruela. E-book en epub
- **Primera edición:** 1833
- **Temáticas:** provincias, dinero, amor, avaricia, matrimonio

En octubre de 1833, Balzac firma un contrato para la publicación de los *Estudios de las costumbres en el siglo XIX*. La colección está conformada por *Escenas de la vida privada*, *Escenas de la vida parisina* y *Escenas de la vida en provincias*, según una clasificación que anuncia el conjunto orgánico que será *La comedia humana*. *Eugenia Grandet*, publicada a finales de 1833, es la primera de las escenas de la vida en provincias en la que Balzac intenta plasmar la atmosfera provincial y sus «dramas en medio del silencio» (Balzac 2010, 210). El arte del detalle y de las medias tintas hace de esta obra, escribe, «una humilde miniatura» (Balzac 2010, 212).

RESUMEN

La novela se inicia con la descripción de la Calle Mayor de Saumur, donde se sitúa «la casa del señor Grandet» (Balzac 2010, 14), maestro tonelero que se ha enriquecido, antiguo regidor de Saumur, que vive con su mujer, su hija Eugenia y su sirvienta Nanon. La historia comienza a mediados del mes de noviembre de 1819, el día del cumpleaños de Eugenia, con una cena en la que están presentes las dos familias que pretenden a la heredera. Por una parte, están los Cruchot, el joven presidente del Tribunal de primera instancia de Saumur y sus tíos, el notario y el abad; por otra parte, están los Des Grassins, el padre banquero, la madre y su hijo.

Esa misma noche llega desde París Charles Grandet, «apuesto joven de veintidós años» (Balzac 2010, 44), hijo único del hermano de Grandet. Se perfila como una amenaza para los dos bandos, puesto que puede ser un pretendiente para Eugenia. Charles le da a su tío una carta de su padre de la que desconoce el contenido. La carta les desvela que su padre, que se ha declarado bancarrota, acaba de suicidarse. Debía casi cuatro millones. Le confía su hijo a su hermano, pero este último se muestra indiferente ante su desgracia: «Charles no es nada nuestro, no tiene un céntimo» (Balzac 2010, 88).

Grandet planea desembarazarse de su sobrino enviándolo a hacer fortuna a las Indias. Durante una cena, intenta convencer al joven Cruchot para que se vaya a París. Pero los Des Grassins llegan y se ofrecen ellos: el padre, banquero, se ocupará del asunto.

Eugenia, que ha descubierto en la cabecera de su primo una carta que este ha escrito a Annette, su amante, donde le cuenta sus necesidades de dinero, le ofrece sus monedas de oro. Charles le da como fianza el neceser de su madre. Nace entonces el amor entre los dos jóvenes. El día que Charles se va a las Indias, se juran fidelidad eterna e intercambian su primer beso.

Des Grassins, que se ocupa de los asuntos de Grandet, vive en París, y a él se une su hijo. Por lo tanto, ya no es pretendiente de Eugenia: gana el clan Cruchot. Por su parte, Eugenia espera a su primo y sufre en silencio.

A finales del año 1819, la señora Grandet se entera de que Eugenia le ha dado el oro a su primo. A la mañana siguiente, Grandet pide ver el oro de su hija: «Ya no tengo *mi* oro» (Balzac 2010, 157). Se produce entonces la escena de la maldición paterna.

Grandet condena a Eugenia a vivir recluida en su habitación. La ciudad entera lo excomulga. La señora Grandet le pide al notario Cruchot que intervenga para que padre e hija se reconcilien. El notario le hace ver a Grandet que su hija podría reclamar su parte de la fortuna cuando muera su madre. La avaricia de Grandet se convierte entonces en monomanía. Cuando ve el oro del neceser de Charles, quiere hacerse con él. Eugenia toma un cuchillo y amenaza con suicidarse si su padre toca el «depósito sagrado» (Balzac 2010, 174). Esta escena precipita el final de la señora Grandet. Ya al día siguiente de su muerte, Grandet le pide a Eugenia que renuncie a la sucesión de su madre.

Pasan cinco años. Hacia finales de 1827, Grandet, con 82 años, sufre de parálisis. Se ha pasado toda la vida refugiándose en su mirada y en la contemplación de su oro. Y, ahora, viene la agonía: «Cuando el cura le acercó a los labios el crucifijo de plata sobredorada [...], hizo un gesto espantoso para cogerlo [...]» (Balzac 2015, 182). Eugenia hereda diecinueve millones.

Ese mismo año, en el mes de junio, Charles, que ha hecho fortuna en las Indias especulando bajo el pseudónimo de Carl Sepherd, desembarca en Burdeos: «Eugenia no ocupaba su corazón ni sus pensamientos» (Balzac 2015, 190). Durante la travesía, se convierte en el amante de la señora d'Aubrion, que cuenta con casarlo con su hija, fea y sin dote: ya se imagina siendo conde d'Aubrion. Des Grassins viene a su encuentro y le recuerda la cantidad necesaria para saldar las deudas de su padre, pero Charles lo echa.

En agosto, Eugenia recibe una carta de Charles en la que le anuncia su futura boda con la heredera de la familia d'Aubrion. La señora Des Grassins le hace leer a Eugenia la carta de su marido, al que Charles no ha pagado sus honorarios, y que amenaza con declarar a su padre en quiebra. Entonces, Eugenia planea un matrimonio de conveniencia con el presidente de Bonfons «a cambio de un inmenso favor» (Balzac 2015, 203). Ella le pide que vaya a París para que pague íntegramente a los acreedores de su tío, y que le entregue una carta a Charles: «Sea feliz, según las convenciones sociales a las que sacrifica nuestros primeros amores» (Balzac 2015, 205).

El presidente de Bonfons se casa con Eugenia, quien sabe que él desea su muerte para heredar su fortuna. Pero fallece él, ocho días después de haber sido nombrado diputado de Saumur. La señora de Bonfons, viuda con 33 años, «bella todavía», «vive como había vivido la pobre Eugenia Grandet» (Balzac 2015, 208-209). Balzac concluye: «Tal es la historia de esta mujer que no es del mundo en medio del mundo» (Balzac 2015, 209).

ESTUDIO DE LOS PERSONAJES

EUGENIA GRANDET

Eugenia, heredera, es presa de los anhelos de los pretendientes y, por lo tanto, es el centro de esta comedia de costumbres. Es una joven que se inicia en el amor y es la protagonista de una novela de amor que también es una novela de aprendizaje. Pero sus amoríos son desgraciados y se ve sacrificada en favor de los intereses de unos y otros: se eleva entonces al rango de protagonista trágica. Balzac emplea unos contrastes sorprendentes entre la monotonía de sus costumbres, la pobreza de su atuendo, los límites de su marco de vida y la grandeza de su alma. El «esplendor de su especial belleza» (Balzac 2015, 103) va más allá de las apariencias. Se da a conocer su generosidad, que se encuentra escondida tras la avaricia de Grandet y que está en la raíz del drama que origina el enfrentamiento entre padre e hija. Eugenia, que es la encarnación de la fidelidad eterna en un mundo que solo se mueve por el interés del momento, representa los valores que no son ni de su mundo, ni de su siglo. Su historia es también la de una reclusión, la de una mujer superior, prisionera de la estrechez de su entorno. Esta grandeza desconocida tiñe la novela de profunda melancolía, visible en la belleza de Eugenia e incluso en su casa, «sin sol, sin calor [...], la imagen de su vida» (Balzac 2015, 209).

EL PADRE GRANDET

Cuando Balzac vuelve a presentar a un personaje avaro,

quiere suscitar en el lector una «prodigiosa curiosidad» (Balzac 2015, 101), puesto que el avaro, esclavo por entero de su interés, sintetiza todas las pasiones. Así, la avaricia de Grandet es el móvil principal de la trama: primero con sus especulaciones calculadas de una manera muy precisa y, a continuación, con los efectos de su pasión, que con la edad se convierte en locura. El modelo es el de la comedia con todos sus medios: cómico de repetición para describir sus manías, expresiones pintorescas, movimientos de su lupa —su quiste en la nariz— que desvelan sus emociones cuando su rostro permanece impasible.

Balzac también le otorga una dimensión fantástica, puesto que el avaro, siempre absorbido por sus cuentas, nunca se abre a nosotros. El novelista emplea un punto de vista clínico cuando describe al anciano completamente paralizado por su pasión, convertido en monomaníaco. Ya solo lleva una existencia vegetativa y recobra vida con el solo contacto del oro, que necesita patológicamente ver y tocar. Cuando Balzac nos presenta a un personaje que es, por su propia naturaleza, materialista, también nos describe una época que ya no cree en los bienes espirituales: se erige así en el «historiador de las costumbres» de su tiempo.

CHARLES GRANDET

Charles es el personaje que introduce el movimiento, el estallido y el drama: su llegada, que rompe el orden establecido, es un golpe de efecto. Su belleza y su elegancia de joven que va a la moda destacan en este escenario grisáceo. Es un parisino que se encuentra entre provincianos. Para Grandet, es el «mirliflor» (Balzac 2015, 135). Para Eugenia, será su primer y único amor. Balzac describe un idilio que lo sorprende en el momento en el que aún queda en él un resquicio de inocencia. Pero Charles «bajo la máscara del joven ya [es] viejo» (Balzac 2015, 123), y la novela de amor se convierte en una novela de aprendizaje con la larga descripción que relata los años pasados en las Indias y el envejecimiento acelerado del personaje: «Al contacto perpetuo de los intereses, su corazón se enfrió, se contrajo, se secó» (Balzac 2015, 189). Mientras que Eugenia le es fiel para siempre, él es la inconstancia personificada que solo se mueve por el interés del momento. Alcanzar y parecer son sus dos únicas consignas. Así, se une a la familia de los «leones» de Balzac: Rastignac, Rubempré, du Tillet y Maxime des Trailles.

CLAVES DE LECTURA

EUGENIA GRANDET, UNA ESCENA DE LA VIDA DE PROVINCIAS

La ciudad de Saumur

La novela empieza con una descripción de la Calle Mayor de Saumur, que anuncia ya la trama y nos deja entrever a los personajes. Los nombres tienen un significado y marcan el tono general de la novela. Saumur, que suena como «salmuera» («*saumure*» en francés), evoca la avaricia de Grandet y el conservadurismo de una ciudad de provincias a través de la metáfora de esas aguas grisáceas en las que todo se conserva y macera. Froidfond, o «Fondo frío», el dominio de Grandet, nos anuncia la frialdad y la dureza pétrea del avaro. La descripción panorámica en la que el lector sube por toda la calle le brinda una perspectiva de las costumbres de la ciudad, del rango que tienen los toneleros y, por fin, del lugar que ocupa el propio señor Grandet. Se perfila una jerarquía del dinero dominada por Grandet, puesto que es «*el mayor contribuyente* del distrito» (Balzac 2015, 16).

En las provincias «se vive en público», siempre bajo la atenta mirada de los demás, que juzgan las acciones y evalúan las fortunas. La curiosidad alcanza su punto álgido con la historia de un avaro y de una heredera por la que luchan dos pretendientes: «Este combate secreto entre los Cruchot y los Des Grassins, cuyo premio era la mano de Eugenia Grandet, apasionaba enormemente a los diversos círculos de Saumur» (Balzac 2015, 22). Toda la ciudad espía a

Grandet, que parece tener el don de ver siempre el futuro en beneficio de sus intereses.

El misterio de los personajes

Pero el personaje del avaro sigue estando rodeado por un halo de misterio. Los motivos secretos que llevan a Eugenia a pasar a la acción también escapan al entendimiento de este pequeño mundo, que desconoce la grandeza de su alma. El carácter impenetrable de padre e hija los realza, ya que podrían haber sido meros arquetipos provincianos. En el siglo XIX, gustaban estas tipologías acerca de personajes representativos de sus círculos o de su profesión, y entonces se llamaban «fisiologías» (fisiología del burgués, de la actriz, etc.). Pero, aunque algunos aspectos unen a Eugenia y a su padre con el ámbito provinciano, al mismo tiempo acaban desmarcándose de este. Son algo más que personajes típicos: uno tiene el misterio del personaje fantástico y la otra, la nobleza de una protagonista trágica.

UN MARCO GRIS

La estrechez

Para describir las pequeñeces de la vida de las provincias, el novelista se convierte en miniaturista, se pega a los detalles, utiliza medias tintas. Al realizar la descripción de un avaro, tiene que acentuar aún más esa mezquindad: la casa de Grandet es «siempre sombría» (Balzac 2015, 209), el jardín es estrecho, la vegetación es extraña, un pequeño muro corta el horizonte. En el interior, las paredes están desnudas, los objetos son mediocres, reinan el frío y la oscuridad.

Hay que aparentar pobreza. Así, todo queda reducido a lo estrictamente necesario: «[Grandet] nunca hacía ruido, y parecía economizar todo, incluso el movimiento» (Balzac 2015, 20).

El tiempo en suspenso

«Si en París todo llega, en provincias todo pasa» (Balzac 2015, 210), escribe Balzac. Parece que la vida se ha detenido, las horas pasan y los mismos gestos se repiten, los de la madre y la hija atareadas con sus labores de costura, los de Nanon y los de Grandet, que rayan lo maníaco. Cuando Grandet se pone en movimiento, es por la noche y en secreto. Mientras que Eugenia se queda para esperar a Charles, este recorre el mundo. Mientras que ella encarna a la fidelidad, él es la inconstancia en persona. Al final de la novela, Balzac nos describe por última vez a su personaje, utilizando el presente atemporal, para traducir a la vez el tiempo en suspenso de su vida de reclusa y la eternidad en la que se mueve, puesto que, como no comparte los intereses del mundo, «ya es del cielo».

El tono gris

El color general de la novela es, por lo tanto, el gris: el gris de los muros, el gris de la ropa, la penumbra de la luz débil de una vela que apenas ilumina a los personajes, y que convierte esta escena de provincias en un teatro de sombras. El gris también es el frío color que simboliza el corazón de Grandet, que podemos comparar con el granito. Balzac, como cronista y como novelista, establece unos contrastes sorprendentes: el esplendor que rodea a Charles cuando aparece por primera vez, el color rubio de su pelo, su belleza y su juventud, el lujo al arreglarse, los colores vivos de su traje, todo destaca en este ambiente gris.

GRANDET, UN PERSONAJE FANTÁSTICO

Grandet, ¿un hombre superior?

La inteligencia en el cálculo de sus intereses hace de Grandet, como de Gobseck, el usurero, un personaje superior. Todas sus previsiones acaban en éxito: «Los hombres poderosos quieren y velan» (Balzac 2015, 100). Lejos de Saumur podría haber hecho grandes cosas, pero también podría haberse quedado en nada fuera de su hábitat natural. Esta grandeza mezquina, subestimada por la estrechez de la vida de las provincias y por la pasión baja de la avaricia está marcada en su nombre, Grandet: «grande», pero seguido de un sufijo, «-et», que en francés es diminutivo.

Una dimensión fantástica

Su secretismo y el halo que rodea a Saumur le dan a Grandet una dimensión fantástica. En este punto, debemos citar *La búsqueda del absoluto* (1834) y el secreto de la transmutación del oro. Grandet quiere estar solo en su gabinete, que tiene unas puertas de hierro, «como un alquimista en su laboratorio» (Balzac 2015, 60). No se ve nunca una moneda en su casa, y eso que el avaro parece producir y multiplicar el oro. Balzac emplea los claroscuros de las escenas nocturnas, en las que adivinamos a Grandet que, con ayuda de su sirvienta, transporta sus monedas en un barril para ir a cambiarlas por oro a la ciudad.

El lobo, el rapaz y el perro

Grandet, presa de su única pasión, no cree ni en Dios, ni en el diablo («¡Que el diablo se lleve a tu buen Dios!», Balzac 2015, 96). Es un marido, un padre y un ciudadano inhumano. Maldice a su propia hija porque ha sido generosa, provoca la muerte de su mujer y traiciona a todos sus conciudadanos. Balzac se basa en el modelo de la zoología social cuando usa imágenes tradicionales del rapaz que agarra a sus presas, del perro que muerde o del lobo que devora. Frente al lobo, la madre y la hija, inmoladas en el altar de los intereses del padre, son imágenes del cordero: «Cordero sin mancha, [...] temblaba por dejar a aquella oveja, blanca como ella, sola en medio de un mundo egoísta [...]» (Balzac 2015, 178).

PADRE E HIJA

EL DINERO LO ES TODO PARA GRANDET, NO REPRESENTA NADA PARA EUGENIA

El padre solo cree en la existencia material («Los avaros no creen en una vida futura, para ellos el presente lo es todo», Balzac 2015, 96), la hija ya es del cielo. Hay una ausencia total de cálculo en ella, da su oro a Charles en un arranque de generosidad. Criada por su madre, no sabe nada acerca del valor de las cosas y de la fortuna de su padre: «Pero entonces papá debe de ser rico» (Balzac 2015, 90); «¿Qué es un millón, padre? (Balzac 2015, 89)».

Todo es estrecho y pequeño en Grandet, todo es amplio y grande en Eugenia

La nobleza de Eugenia, su amplitud de miras, su sentido de lo infinito, están dictados por la fe y enseñados a través del amor. Mientras que el vocabulario para describir a Grandet traslada su mezquindad, las imágenes para dibujar a Eugenia hablan de su grandeza moral —el infinito, el océano, el cielo—, que contrasta con el marco estrecho en el que está encerrada. El envejecimiento del padre, cuya avaricia y dureza aumentan con la edad, también contrasta con el surgimiento del amor en el corazón de su hija, un movimiento de expansión que le permite crecer y la eleva por encima de su condición. Se despiertan sus «generosas inclinaciones», hasta entonces «reprimidas» (Balzac 2015, 95) por la avaricia de Grandet. Eugenia nace para sí misma y acaba oponiéndose a su padre: abandonamos entonces la comedia de costumbres para meternos en la tragedia en la que se enfrentan dos personajes antagonistas.

Parecidos en las diferencias

Sin embargo, la hija hereda de su padre la inteligencia superior y su capacidad para disimular. En este caso, no disimula sus intereses, sino sus penas. También toma de él su carácter solitario y su franqueza a la hora de hablar, directa a lo esencial. Eugenia se ahorra algunos circunloquios porque es auténtica y conoce el mundo. De primeras, le anuncia al señor Bonfons, que quiere su herencia: «Señor presidente [...], sé lo que le interesa de mí» (Balzac 2015, 203). Las costumbres de sobriedad, que en el padre eran el resultado de la avaricia, en la hija son una señal de ascetismo, una manera de renunciar al mundo.

UNA TRAGEDIA BURGUESA

Las tres unidades

Balzac presenta esta escena de provincias como «una tragedia burguesa sin veneno ni puñal ni sangre dearramada [sic]; pero para los actores, más cruel que todos los dramas ocurridos en la ilustre familia de los Atridas» (Balzac 2015, 151). El marco excepcional de Saumur, la sala de la casa Grandet donde todo se lleva a cabo, le da a la novela su unidad de lugar. Además, podemos hablar de una unidad de acción, puesto que estos personajes, poco numerosos, se centran en la misma trama que encontramos con un intervalo de siete años: «La jauría seguía persiguiendo a Eugenia y sus millones» (Balzac 2015, 188). Aunque la trama se desarrolla durante varios años, la vida repetitiva de las provincias, el aislamiento de las mujeres de la casa Grandet y, a continuación, la reclusión de Eugenia, parecen detener el tiempo: por lo tanto, también podemos hablar de unidad de tiempo. La descripción preliminar del lugar y de los personajes es una larga escena expositiva en la que Balzac dosifica el suspense, seguido de una sucesión de golpes de efecto, hasta la crisis del día de Año Nuevo de 1820.

Golpes de efecto

En esta vida provinciana confinada, la llegada del primo de París trastoca los planes de todo el mundo. La bancarrota y el suicidio de su padre lo revisten de un halo trágico; puede ser un pretendiente para Eugenia. Por lo tanto, los dos bandos rivales lo ven como un adversario de talla. El plan que Grandet urde para no pagar a los acreedores de su hermano también hace que se tambaleen las facciones presentes, puesto que Des Grassins y su hijo se retiran de la partida para quedarse en París. Charles se va a las Indias y parece que vuelve el orden, puesto que era el intruso. En esta ecuación no se tiene en cuenta que Eugenia le ha donado sus monedas de oro, y que su padre quiere recuperarlas. Esta escena se muestra como el enfrentamiento trágico entre el padre y la hija: ella le planta cara, él reniega de ella. Esta confrontación resultará fatídica para la señora Grandet, que muere casi en la escena: «Me muero» (Balzac 2015, 158). Tal y como sucede en los dramas burgueses de Diderot (escritor francés, 1713-1784) y de Greuze (pintor francés, 1725-1805), asistimos a una escena de maldición paterna, con grandes efectos, gritos, gestos airados. Encontramos el mismo patetismo en la escena en la que Grandet quiere apropiarse del neceser que Charles le ha dado a Eugenia.

Eugenia, un personaje trágico

Aunque Balzac juega a dos bandas y también da a estas escenas una dimensión cómica vinculada al carácter del avaro, Eugenia es un claro personaje de tragedia. Ya desde la primera escena parece condenada: «Aquella joven [...] acorralada, agobiada por unas pruebas de amistad que la engañaban» (Balzac 2015, 40). Además, la traición de su primo al que, a pesar de todo, sigue siendo fiel, es propia de la tragedia. Balzac dibuja en ella la grandeza escondida en las provincias, la belleza que se desconoce, la verdadera nobleza que no es la de este mundo. Más allá de las tramas de los hombres, la providencia es la realidad superior que desbarata los planes mejor urdidos. Al final de la novela, la mano de Dios que «nunca yerra el golpe» (Balzac 2015, 207) hace que fallezca el presidente de Bonfons, que anhelaba en secreto la muerte de su mujer: ahí vemos el vuelco de la situación, el golpe de efecto último.

PISTAS PARA LA REFLEXIÓN

ALGUNAS PREGUNTAS PARA PROFUNDIZAR EN SU REFLEXIÓN...

- «Tal es la historia de esta mujer que no es del mundo en medio del mundo» (Balzac 2015, 209), concluye Balzac. ¿En qué medida resume esta frase el personaje de Eugenia Grandet?
- Balzac imprime un significado a los nombres. Explique algunos de ellos en relación con la trama y con los personajes: Saumur, Froidfond, Grandet, Cruchot, Des Grassins.
- ¿Cuál es el papel de las descripciones en Balzac?
- Explique en qué medida la casa Grandet está hecha a imagen de la vida de Eugenia. Indique en qué medida Eugenia pertenece a las *Escenas de la vida en provincias*.
- Balzac presenta a Eugenia Grandet como «una tragedia burguesa sin veneno ni puñal ni sangre dearramada [sic]; pero para los actores, más cruel que todos los dramas ocurridos en la ilustre familia de los Atridas» (Balzac 2015, 151). Explique esta frase.
- ¿Qué elementos convierten a Grandet en un personaje cómico y qué elementos convierte a Eugenia en una protagonista trágica?
- ¿Consigue Balzac describir la avaricia? ¿Qué medios emplea?
- ¿Se puede considerar *Eugenia Grandet* una novela de amor?

¡Su opinión nos interesa!
¡Deje un comentario en la página web de su librería en línea,
y comparta sus favoritos en las redes sociales!

PARA IR MÁS ALLÁ

EDICIÓN DE REFERENCIA

- de Balzac, Honoré. 2010. *Eugenia Grandet*. Traducido por Mauro Armiño. Madrid: Siruela. E-book en epub.

ESTUDIO DE REFERENCIA

- Ortega, Carlos. 1997. *Lo excelso y lo raro: ensayos sobre poesía y pensamiento*. Madrid: Huerga y Fierro Editores.

EN RESUMENEXPRESS.COM

- Guía de lectura de *Las ilusiones perdidas* de Honoré de Balzac.
- Guía de lectura de *La prima Bette* de Honoré de Balzac.
- Guía de lectura de *Papá Goriot* de Honoré de Balzac.